赵首先 著

故乡是我的

人民文学出版社

图书在版编目（CIP）数据

故乡是我的/赵首先著. —北京：人民文学出版社，2021（2021.12重印）
ISBN 978-7-02-016925-2

Ⅰ.①故… Ⅱ.①赵… Ⅲ.①诗集—中国—当代 Ⅳ.①I227

中国版本图书馆 CIP 数据核字（2021）第 078468 号

策划编辑　脚　印
责任编辑　王　蔚　张梦瑶
装帧设计　李思安
责任印制　任　祎

出版发行　人民文学出版社
社　　址　北京市朝内大街 166 号
邮政编码　100705

印　　刷　三河市中晟雅豪印务有限公司
经　　销　全国新华书店等

字　　数　180 千字
开　　本　880 毫米×1230 毫米　1/32
印　　张　5.875　插页 3
印　　数　3001－5000
版　　次　2021 年 7 月北京第 1 版
印　　次　2021 年 12 月第 2 次印刷

书　　号　978-7-02-016925-2
定　　价　42.00 元

如有印装质量问题，请与本社图书销售中心调换。电话：010-65233595

乡愁一如身上的胎记，活得愈久，颜色愈深。

——题记

目录

我是土地的孩子 / 001

怀念牛 / 003

叫故乡的地方 / 004

荞麦志 / 007

盐的味道 / 010

靰鞡草 / 012

上　梁 / 015

木扁担 / 017

往　事 / 019

镇上的花娘 / 020

我的小学 / 022

蜘　蛛 / 025

一个农民 / 026

为了忘记 / 028

农　事 / 030

看妈妈做针线 / 032

祭　灶 / 034

补　丁 / 037

种　豆 / 039

东山沟里有黄金 / 041

一枚枫叶 / 043

想起土炕 / 044

老　井 / 047

族　谱 / 049

北方的太阳花 / 053

一条旧巷子 / 055

故乡的红高粱 / 057

爷　爷 / 061

包粽子想起一个人 / 064

驴皮影 / 066

小　道 / 067

书上的法源寺 / 069

一颗蓝宝石 / 071

念　想 / 073

村上来了说书人 / 075

晚餐记录 / 077

贴挂钱 / 079

温　暖 / 081

我的邻居二蛋 / 083

选　择 / 086

最后的石匠 / 088

向北遥望 / 090

赞美要小心翼翼 / 093

马兰菊 / 097

消失的桲柶 / 099

锡酒壶 / 101

村头的老榆树 / 103

看小人书之一 / 104

看小人书之二 / 106

桃木梳子 / 107

队长去过景山 / 109

扬　场 / 111

岁月是这样的 / 113

纸笸箩 / 115

我十八岁时长出翅膀 / 117

不　懂 / 120

鲜花在手上盛开 / 121

这样的人 / 123

喊　惊 / 125

簸箕谣 / 127

算命先生讲民国 / 129

猫　碗 / 132

旧　事 / 134

地 / 137

苣荬菜 / 138

耕种记 / 140

烧　铁 / 142

宝　贝 / 144

时　间 / 146

炼　糖 / 149

启　示 / 152

拜 / 153

磨　语 / 155

人　生 / 157

外公传 / 158

妈妈的病 / 161

远房表姐 / 163

打铁镰 / 164

路过潘家园 / 165

寒　客 / 167

避　役 / 169

五十年前的账本 / 170

拉鹰·熬鹰 / 174

故乡是我的 / 177

我是土地的孩子

我是土地的孩子

连皮肤的颜色

都遗传的那么像

穿绿色衣裳

是拔节的玉米

穿红色衣裳

是晒米的高粱

雨天戴草帽

和蘑菇一样

我是土地的孩子

静脉流着饮马河

动脉淌着松花江

毛细血管

是小溪水缠绕着

我长大的村庄

我是土地的孩子

枕头上放牧的牛羊

都在领会土地的思想

遇上好年景

心情是绽放的桃花

碰上吃野菜的日子

忧伤会浮肿在脸上

我是土地的孩子

池塘里的一片蛙声

云朵下鸟儿的歌唱

偷邻居家早熟的瓜果

多看一眼插秧的姑娘

我都当乡愁捡出来

夹在没有纸的书上

我是土地的孩子

这样说起来

女儿也是妹妹

爷爷和爸爸

都是兄长

怀念牛

负重负轻

同样慢

时光之刃

不动声色

等蹄冠的角质

一点点磨短

一点点长出来

耕田是命

吃草是活命

反刍不是反思

是耐不得闲

一世无争

一生平淡

很憨厚

拴牛的桩子

一半埋在土里

下半截是墓

上半截是碑

叫故乡的地方

叫故乡的地方

到底有多大

我纠结了大半生

是我出生的屯子

还是方圆十里八村

我的故乡

是县域的一部分

还是县域的一部分

是我的故乡

绿色连着绿色

金色连着金色

雪花上飘着雪花

有棱角的季节

仿佛告诉我

看得见的地方

都是故乡

长胡须的叫爷爷

梳辫子的叫姑姑

家里来客人不上饭桌

走小道别踩着庄稼

淳朴的民风

让故乡更没有边界

故乡没有边界

诚实和善良

种在土地上

就如同种上了好粮

也种下了

前世今生

故乡很大

大得让人心生敬畏

走一辈子

也是孙悟空

在如来的手上

故乡很小

有时候像一枚胸针
累的时候
我就会把她
别在上衣的左襟上

荞麦志

土地在爷爷手上
不停地转换季节
自由的风景
让油画派望尘莫及

蓼科家族的后裔
像野放的牛羊
不要多少精饲料
就以感恩的方式
给劳作以温暖的回报

仲夏时节播种
在爷爷看来
几袋烟工夫
心形的叶子
就绿出油色
绿的浪费甚至夸张

灵透的白色花
给开白色花的植物

上了一课

终于知道

攀比其实很无奈

等三角状的麦粒

穿黑色外套

撒一把出去

就是我故乡的村庄

稳稳的茅草房

荞麦面饸饹

饭桌上的贵客

荞麦酿的烧酒

严冬也觉得不可以碰上

荞麦皮枕头

奶奶说去火安神

炒荞麦泡茶

妈妈说止渴生津

爸爸很少说话

更多时候

如一颗沉默的麦粒

门口的那块磨刀石

他经常看得出神

蓼科家族的后裔

有个别名乌麦

我的祖上就种庄稼

也有别名

又一代

盐的味道

记忆的母菌

在知天命以后持续发酵

锈在骨骼上的

竟是湖盐的味道

闹灾荒的年份

春脖子长是雪上加霜

所有的野菜

还睡在泥土里酝酿生长

枯树叶子煮沸后

放在砧板上

用菜刀背部慢慢敲打

纤维状的丝或短或长

带皮碾碎的包谷

和纤维状的枯树叶子

彼此拥抱的很紧

蒸出叫窝头的美食

这时候

一颗花生米大小的湖盐

放进有水的碟子里

桌子就非常富有

那味道早已不是咸淡

而是不可替代的圆满

好在这样的日子

只有两个春天

只有两个春天

我却像懂得父亲一样

也更像懂得母亲一样

懂得了湖盐

靰鞡草

人参

貂皮

靰鞡草

关东人聊闲话

常常说三宝

熬苦日子的人

只见过一宝

莎草科多年生草木植物

俗称靰鞡草

柔细修长

长到晚秋以后

亮色金子一般

韧性丝绸一样

腊月到来之前

用木棒反复锤打

就成了一尺长的棉花

絮在比脚大一半的皮靰鞡里
用绑腿绑起来
手冻丢了
脚也像踩在烧热的炕上

特殊的靴子
穿上就是一天
睡觉之前脱下来
爷爷把热着的靰鞡草
撕烟叶子似的
把脚型的雕塑撕开

一个腊月
天天如此
晚上的半个屋地
一堆云彩

现在的棉鞋子很多
有的还能穿也被扔掉
唯有爷爷的那份亲情

我一直揣在怀里

从不敢轻易

把扣子解开

上梁

木头在木匠手上
是蚕宝宝遇上蚕娘

榫卯的阴谋阳谋
让新房子的骨架
每一根都是栋梁

最讲究的那根大梁
粗的一头朝朱雀方向
意思是龙头
抬起来看太阳

上梁是庄严的习俗
先撒五谷杂粮
再串一串铜钱
挂在梁上

预先蒸好的馒头
和一整只鸡
在斟一满碗的酒

供于长条案上

上梁是不可以歪的

上梁歪了

一幢房子

要么易倒

要么易晃

木扁担

走出山林那一刻
便注定此生高贵
躺着才是忙
在肩膀上
享受福分

岁月如歌
皮肤打磨的亮色
星光闪烁
让我想到
钻木取火

轻微的弓
是让蓄积的潜能
在牺牲时平衡
挑水挑粮挑柴
挑起农户人家
生活节奏的重量

最累时也不忘

小声哼唱民谣

咯吱咯吱的

正好应了一句话

劳动着是快乐的

我懒的时候

想你特别合适

像和一位老人说话

在安静中聆听

日子不易

世事沧桑

往事

麦子在路上
秋天还远

父亲粗糙的手
用粗糙的纸卷着旱烟

整个夏季
都是等待的日子

盼望风调雨顺
蝗虫别来

爷爷留下的锡酒壶
沿口的灰尘很厚

我愿意快点成熟
让父亲把我和麦子
一起收获
留给漫长的冬天

镇上的花娘

巷子很深

半扇木飘窗下

老阿婆蹲着

膝盖倚着墙角

针码很密的线袢上衣

像西方后现代的

一幅油画

竹编筐里

季节刚刚萌芽

兰花香的味道

让整个巷子

听懂了什么是清雅

老阿婆的肤色

没有想象的粗糙

慈眉善目的表情

犹如在做祈福道场

巷子后身的邻居

都认识她

她有个好听的绰号

花娘

花娘不识字

却很明白柳色如烟

和怎样倾听鸟儿歌唱

我是这巷子里的闲人

闲人难免胡思乱想

南极的一亩冰雪

最好借给我

然后做名花匠

左手雨露

右手阳光

我的小学

离家六华里

隔三道土岗

八间草房子

六个班级

一尺半宽的木板

长五尺有余

两个碗口粗的木桩

撑起孩子们的好奇

坐椅是

几块土坯

粉笔画出的格子

是不可左右的天地

马粪纸上的字母

是未来

也是奥秘

校长有文化

初中毕业

讲课的老师

分得清

高粱和玉米

与做好人

都有相通的道理

那时候没作业

下学了

除了淘气

还是淘气

爸爸没说过

好好学习

妈妈没说过

在班上要争第几

他们都不会

写自己的名字

论认字

我在家里第一

我是幸福的一代
惬意的玩儿
让我觉得
童年才是
最天真的自己

而且固执地认为
我有最好的童年
和吃得好不好
和穿得好不好
没一点关系

蜘蛛

我织网的路
房东已预先留好方向
经线和纬线纠缠着
但恰到好处

精算过的形状和心思
让我以为
我和房东一样聪明

不过没有可能
我们的前世会是近亲
但我们以差不多的方式
就这样活着

一个农民

活
是活命
命里的节气
可以是聊天的话题

立冬是童话
立春是诗歌
立秋是戏曲
白天和土地说话
夜里和梦说话

炊烟散去
最后落在哪儿
什么草尖沾过
流星的雨滴
不知者无畏
在村里不是问题

重复吞噬重复
刚收割完就想

来年种瓜还是种豆

讲出来是叙事

想想是推理

一个农民

活命的人

一生认命

认命的人

是虔诚的教徒

自己是上帝

为了忘记

此刻天空湛蓝
配得上一尘不染
割过的麦地
根腔已经风干

穗头之火
点燃了金子
折成纯角的光
沉甸甸的

一万年不久
你以野性的浪漫
在昨天的风里
飘出馍的麦香

我喜欢吃面
但不会种地
我是替父辈
来给你陪理

也是这块麦地

也是昨天的风里

要草不要苗

姓什么是真的

地头的玩笑

谢幕时很安静

以后的麦芒

也没发脾气

农事

粗麻绳嵌进有凹槽的牛样子[1]里
牛样子嵌进牛颈肩骨的皮肤里
牛的四个蹄子交替前倾
犁翻开的泥土就花一般灿烂

祖父种庄稼地是行家里手
他爷爷留下的传家宝就是种地
种什么都是命里应该种的
只是落日时的仪式有些怪异

屋檐下泥皮墙有一挂铁钩
专门放各种不可或缺的农具
爷爷把粗麻绳系住的牛样子
敬香似的慢慢挂上去
进屋前还不忘再看一眼

爷爷和牛都非常勤奋
日子却和勤奋毫不相干
花甲以后又五个年头
爷爷告别了他喜爱的农事

[1] 牛样子,即牛轭,弓背型粗木,二尺有余。牛套索系在它的凹槽里,防止牛用力时套索勒进皮肉里。

去见陆续先他而去的三头牛

乡下的孩子记事晚
不是笨是没什么大事可记
所以爷爷挂牛样子那个姿势
就像牛样子嵌进牛颈肩骨的皮肤里
嵌进他孙子的记忆

作为孙子我也到了花甲之年
爷爷的面容越来越模糊
然而爷爷使过的牛样子
却越来越清晰
我已不怕忘记爷爷的模样
只怕我的颈肩骨也架着牛样子

看妈妈做针线

拇指与食指捏紧一寸长的针
针拖着和自己粗细相当的棉线
以数五个数走一针的速度
在棉布边缘缝补我的童年

带麻点的箍形顶针戴在中指上
顶起针挑起线的每一个瞬间
都很像京剧青衣的兰花指
都画出蜜蜂采蜜时飞出的弧线

关东的冬天冰天雪地
唯一的暖是微温的土坯炕
和妈妈刻意絮厚一些的棉袄
她要保证她的儿子不在冬季冻伤

旧历三月以后寒冷走了
妈妈又把棉袄里的棉花拿掉
再一针一线地把里面缝起来
做成挡风又体面的夹袄

旧历六月以后酷暑来了
妈妈又把夹袄的里子拿掉
再一针一线地把面缝起来
做成只钉三个纽襻的衬衫

我是妈妈用针线缝大的
看见针线就看见了温暖
妈妈是在米寿上走的
而且过完了米寿生日
妈妈走的时候很安详
只是那双变形的手让我辛酸

祭灶

泥巴垒的灶台

略高过母亲的膝盖

烟熏火燎

母亲用半蹲的姿势

揣摩了几十年

结论是四个字

属于灶台

捞米饭剩下的米汤

放些马铃薯和白菜

是丰收年的伙食

灾年吃稀饭饿肚子

母亲用站着的姿势

埋怨父亲不够虔诚

没祭好灶台

也是

翻翻上千年的正史

老百姓过苦日子的年头

多是归咎于天灾

灶王爷是一张纸
腊月二十三的晚上
要骑着高粱秆扎的马
到天上去
细说一家人的情怀

关东糖是也要带的
甜了灶王爷的嘴
像拿人家手短一样
只说好不说坏

这个时辰
父亲嘴里不停的念叨
上天言好事一类的话
然后在灶口
把马和灶王爷和糖
烧出旺的火来

我是男孩子

躲在父亲身后

不明白灶口火很旺

锅里为什么

煮不出可口的饭菜

很多年以后

日子终于让我明白

仪式还是要的

做的事或许都是应该

再过很多年以后

我给女儿讲祭灶的故事

女儿慢条斯理地说

大黄该吃晚餐了

我去切几片猪肝

一会儿就来

补丁

女娲补天
在我故乡的堡子里
不是神话
每个和妈妈一样的女人
都是女娲

需要补丁的生活
炼成了每一位
心地善良的妈妈
必须是女娲

土炕铺的席子破了
妈妈会剪一块旧布头
把稠米汤涂抹均匀
粘缝在露出炕泥的地方

上衣袖肘
不会等肉露出来
裤子膝盖
不会等肉露出来

裤子分叉前的臀部
更不会等肉露出来
及时的补丁
在妈妈手上
绣花似的丰富多彩

当然
补丁也有破的时候
那就在补丁上
再补一块补丁
让补丁变分层的云彩

妈妈补补丁
其实是在用针线
补她心中的天

今天晚上就去做梦了
回到童年
让衣服尽量多破些
因为妈妈会在

种豆

谷雨时节

忽略明月清风

太阳落山方向

升起一大朵厚厚的云

云夹着一场透雨

爷爷说春天

滋润好土地的墒情

就看见了

秋天的半个收成

犁碗破开田垄

踩格子的鞋拓出酒窝

从带横梁的藤篓里

一次抓半把碎黄金似的豆种

拇指和中指捻出点下去的缝隙

像母亲抱婴儿累了

把婴儿放进睡床里

犁到地头转回来

破开挨着的另一条垄

给种子的被好好盖上

等醒来的时候

一颗是两瓣透明的鹅黄

一垄是排成行的嫩绿

一片是听得见声音的成长

种豆看起来简单

功夫在庄稼人的心理

错过了墒情

就等于秋天的收成

丢在春天里

东山沟里有黄金

最早的星星掉下来

掉在大顶山环抱的夹皮沟

和种子吸吮泥土的养分一样

星星的胚芽在石头里开花

慢慢长成的金矿

最早被挖掘的金矿

最早捡到狗头金的地方

最早的生死场

朝廷指望金矿

淘金人指望金矿

朝廷把权力押上

淘金人把命押上

咸丰二十年

日产沙金五百两

乾清宫御膳房的碟子

都闪着夹皮沟的金黄

金子是好东西

朝廷觉得很有用

淘金人也觉得很有用

很有用的东西

用法很不一样

一枚枫叶

一枚枫叶

染透霜以后的红

就这样静静的

睡着不醒

南方回来的燕子

又开始衔泥筑巢

刚刚鹅黄的柳

影子在水里

轻轻地摇

远处有布谷

唱年年一样的歌

几片好看的云

缓缓地飘

我在春天等你

等你慢慢地醒

或干脆等秋天

和你一样的红

想起土炕

乡下的土炕

是灶台的烟道

横上薄薄的石板

再用泥巴抹平

就有建筑学的思想

离灶火近的叫炕头

离灶火远的叫炕梢

散热很均匀

直到现在

也让我觉得

乡村的夜晚

土炕是贴身的太阳

高粱秆编的炕席

质地坚硬

却温暖无比

我十七岁

就把一辈子的觉

基本睡好

我做的第一个梦

一定是在炕上

因为不会记忆

忘得比没做还干净

想娶媳妇的梦

也是做在炕上

梦见我喜欢的姑娘

做了外乡人的新娘

北方的冬天很冷

霜花结得宫殿一样

妈妈总是让我睡在炕头

说天冷暖暖身子好

妈妈更像太阳

土炕不光用来睡觉

矮腿的饭桌

也是放在炕上

爸爸也不让我坐在炕梢

理由和妈妈一样

不过腿要会坐

吃的是饭

盘的是禅

十八岁以后

我不睡土炕了

却夜夜失眠

吃了很多偏方

也不见好

我想这是土炕害的

记忆没有解药

一旦想起来

就病入膏肓

老井

六边形的榆木拱板
或说六边形的围堰
是我的护身符

手掌厚的苔藓
像揉碎的翡翠
抹得绿中生蓝

等辘轳响
是朝圣的期待
听水桶声
算是酒至微醺

我这一生
只做两件事
一是把几代人养大
二是把自己榨干

以后的井口
我盼着有一棵树

让抽旱烟袋的老人

议论赵庄的故事

喝茶聊天

族谱

金字塔形的族谱

上半部完全模糊

底座第四层开始

像夜晚天晴

看星星一样清楚

曾祖父曾祖母

并肩坐着

同一排左侧的人

我要问过母亲

才知道怎样称呼

乾隆留下的盛世

山东人不懂得珍惜

爷爷一个人

陆路绕道山海关

和一群想吃饱饭的人

闯传说中的关东

烟筒山以北

听上去很好听的

饮马河畔

从此多一个

在这里开荒种地的人

爷爷娶奶奶的时候

已经是闯关东的第十年

爸爸三岁的时候

每天都吃得上饱饭

种地有世袭的基因

或者像吸毒上瘾

一种就两个甲子

不管风调雨顺

还是灾年

爷爷的手艺

最毫无保留的

就是传给爸爸

扶犁撒种

除草育秧

像喝酒一样

收获秋天

爸爸六十岁的时候

还觉得土地

和醇厚的酒香

没什么两样

我来接着种地

顺理成章

我是曾祖父第四代孙

我是爷爷第三代孙

我是爸爸的儿子

要不要接着种地

我要想想

关于族谱

我不知道

第四层以上

会是什么模样

也更害怕

会是赵姓的皇上

关于族谱

关于种地

每每提起来

我还是很激动

北方的太阳花

北纬四十度
太阳花的金箔
在七月的风里
飘出阳光的味道

比茎长的根须
抓进土的深里
吸吮乳汁一样
不错过一点养分

芭蕉扇似的阔叶
捧着一千个生命
甜甜地微笑

下个月就熟了
半木质壳的果实
挤在一起
姿势和朝向
始终如一

走进根须

像触摸自己的神经

北方的太阳花

更爱土地

一条旧巷子

一条旧巷子
仿佛一只手臂伸出去
尽头在黑暗处
被几颗星星雨淋湿

风的喉咙刚感冒过
偶尔几声咳嗽
下半截枯干的老树
也敏捷地用枝头
吹响夜的箫声

几只猫在房檐上
随心所欲的流浪
自由的代价
是没有归宿
和关于雄鸡鸣唱的向往

秃头的围墙
豁口处借着月色
不知道被什么磨过

像出土文物

闪着把玩的光

周边

草们疯了

以背叛的方式

提醒吃粮食的人

明白一百年的小巷

走出去的

每年回来一次

再离开的时候

想把整个巷子

带到远方

我用痛着的灵感

呼唤你逆生长

长到童年

或诞生时的模样

故乡的红高粱

我是吃红米饭

睡高粱秆编的炕席长大的

黑土地上的红高粱

像强盗一样

掠夺了我童年

最原生态的记忆

谷雨时节

点葫芦的前奏

正均匀的呼唤

酝酿一个冬天的

交响乐的新绿

有节的茎秆

进化得和脊梁一样

在子夜以后

骨骼拔节的声音

像高音部的短笛

叶子是浪漫派的

这一颗挽着另一颗

手臂推开的风

配合得像恋人

在热恋中

一致得无可挑剔

抽穗那一刻

没法拒绝想象

生命的胞衣破了

生命找到了自己

没有辜负孕育

扬花是美学

是红高粱

一代一代

繁衍的秘密

我们不懂也好

免得背上

窥探植物私生活的

可有可无的嫌疑

末伏的几天
正好晒米
红高粱的红
红得灿烂
红得铺天盖地
红以感恩的红
感恩太阳
母亲般的给予

爷爷
开始磨镰刀了
他的镰刀
被一茬一茬的红高粱
割钝了
他有些不服气

黑土地上的红高粱
像强盗一样
掠夺了我童年

最原生态的记忆

当我远离故乡之后
脚踝以下部分
始终和红高粱一起
长在生长红高粱的土地

爷爷

那些个循环的季节

在他眉宇间烙上印记

粮食们坐在苶子里

或吊在屋檐下

他就很满意

农闲时

他会捏把锡酒壶

倒出里面的小曲

曲子发酵的味道

在草房子里

飘逸着某种自豪

借着微醺

脚步又走在田间地头

又把自己

掩藏在绿色之中

他的庄稼

都是他的孩子

都要在他的呵护中

长大成人

爷爷把一辈子

典当给了黑土地

典当给了

松花江边的故乡

他是个被洗劫的穷人

是个连骨髓

都被掏空的庄稼汉

他用手的茧花和汗水

翻过只属于

庄稼汉的

一年又一年

直到他把自己赎出来

告别他苦恋着的土地

和打一辈子交道的粮食

也始终没有一句怨言

爷爷的一生很干净

干净得只有粮食

包粽子想起一个人

碳酸钙质的骨头

在穹顶之上

把自己凝成星星

闪烁流萤的火花

雷声隆隆滚过

不屈服的蕊

在凛冽的寒气中

倔强的抽芽

开出一长串

让峰峦也抖动的

叫不出名字的花

东方天际线

有洁净的露滴

由远向近

由小向大

由信仰向神圣

完成纯粹的升华

你瞧不起污浊

甚至信怀王的肚量

繁衍阴谋和小气

像贫瘠的土地

长一茬生病的庄稼

让楚辞的血脉

像江河一样

咆哮起来吧

毁掉比没有还差的

那个混乱的时代

你赢了

赢得冰山崩裂

一样决绝干脆

你以结束的方式开始

让人明白

一块很瘦的石头

怎样牵挂天下

驴皮影

人事儿
画在驴皮上
穿过白幕布
五味杂陈

那束亮的光
把驴救活了
骨骼是多余的
灵魂在上

驴的影子
依旧在人间
牵过来牵过去
走个没完

看客的情绪
像发面馒头
有酵母就长
哭或笑
都有戏腔

小道

绕村子的小道
像汗衫码边的针脚
分不清哪是开头
分不清哪是结尾

二叔绕多半辈子
也没绕出去
绕出去的人
上岁数了
又回来接着绕

胡须是商量好的
一齐花白
皱纹是商量好的
都学凹凸的北坡地
后代们也商量好的
不管在哪
都是单过

看家望门的狗

一代一代轮回

就是不改

见生人就咬的脾气

小道记着

村子里的红白喜事

小道看得见

村子里的芸芸众生

小道似一根绳子

拴着这个小村子

越想挣出去

捆得越紧

我故乡的小村子啊

我生命落脚的地方

把我熬老了

你还年轻

书上的法源寺

宣武门外

菜市口以西

我爷爷

在太宗贞观十九年

降生在这里

花开花落

似水流年

到我这辈子

爷爷已一千多岁了

青砖黑瓦

掩在丁香花丛

几株龙爪树

九曲回肠

爷爷看到的

故宫里偶尔可以找到

我看到的

爷爷一点儿都不知道

午时三刻

阳光正好

皇城根儿下的老北京

喜欢放风筝和遛鸟

更爱看热闹

一颗蓝宝石

世上最大一颗蓝宝石

镶在长白山顶上

衬着云朵星星月亮

闪着太阳的金丝线

时而路过的风

擦出雪花和雨点

给静美一点迷惘

给晶莹一点力量

蓝宝石熔化的瀑布

是弹古琴的三江源

稻子和瓜菜

樱桃树和梨园

都在古琴声里

遇上自己的春天

我在七月遇上你

七月是我遇上你的春天

顺着白桦树枝的方向

我学鹰的姿势

抬头仰望
用手的翅膀攀援

在被你的亮灼痛那一刻
我突然觉得我是朝拜者
一块纯粹的蓝宝石眼里
我和我的同类
会裸的一丝不挂
除了有可能做油画模特
该洗涤的猥琐还有许多

念想

老房子一年比一年见老
月光想在房檐下歇一会
也要耐心地拨开荒草

村头那棵比村子还老的榆树
枯的枝早被风剪得没剩多少
树干上洞的侧面能敲出鼓声
二蛋子摔下来的时候才八岁
八岁摔残了他整整一生
我们几个差不多叫狗剩的孩子
记住了这别样的乡愁

六十年一个甲子
一个甲子长得像一条河流
风溅起多少水的浪花
雨溅湿多少草帽遮住的忧

能活就好好活着
像那棵老榆树无虑无忧
死了枯了也站在风里雨里

为了看日出月落云淡云稠

我不觉得我回来得少
就对不住生养我的故乡
我注定一辈子流浪
把故乡刻在左肋骨上
留作念想

村上来了说书人

听评书《岳飞传》
时间的沙漏突然逆转
摩羯座的刻度
锁定绍兴十二年

西湖边的临安
宋朝的半个江山
在不真实的虚幻中
迎接真实的旧历新年

岳飞的金戈铁马
胳膊拧不过大腿
在黎明时刻佩剑入鞘
班师回到圣上身边

金兵怕你的威
奸臣怕自己的过
奸臣向高宗奏你
你所有的好都是祸

按照小人的逻辑
该杀你十二次
一次一道金牌
因为你的命值钱

于是天空浑浊了
于是虚幻的朝廷
杀一个英雄
庆祝旧历新年

明鉴历史的人来得都晚
来得晚的人说以前很算
给民族魂立碑修庙
痛快地骂谁是真的混蛋

栖霞岭南麓的岳庙
有四个人跪着
我总感觉跪着的
五个人才算到全

晚餐记录

有菠菜芹菜

有牛肉和汤

荤素搭配

晚餐很有营养

外孙子喜欢肯德基

说这样的晚餐不好

女儿很不高兴

让外孙子好好吃别嚷嚷

小孩子任性

接着嚷嚷

女儿更不高兴

说你做一个好吃的

让我也尝尝

外孙子沉默了

好半天工夫

才说你们大人

真不懂孩子怎么想

有好吃的很好

有好吃的不让孩子说话

有好吃的不让孩子再想

这是女儿的逻辑

老人说什么呢

按女儿的逻辑

我们说什么都不好

贴挂钱

长一尺
宽半尺
叫剪纸合适

红色
绿色
黄色
叫彩色合适

抬头见喜
五谷丰登
连年有余
叫吉祥合适

门楣
房檐
鸡舍
显眼的地方合适

腊月二十九贴上

正月十五摘下来

日子合适

祖宗留下的习俗

我们一点不敢碰

碰了就说不合适

温暖

关东的冷很不客气
孩子们在冰雪里玩
也毫不客气
溜冰打雪仗
差不多是唯一

手冻得红肿
像蒸熟的馒头
妈妈气的火冒三丈
说晚饭别吃了

说归说
妈妈解开一颗扣子
把我的双手
揣进她怀里

我常想自己的不好
手上的冻疮
愈合了一辈子
像出土的瓷碗

怎么洗都有痕迹

正是这痕迹
让我后悔长大
长大以后的冷
再也找不到妈妈

我的邻居二蛋

两家的房檐一丈远
天天一块走路上学
放学一块玩儿

二蛋爷爷省吃俭用
买下六亩水浇地
也买下地主成分

二蛋爹非常孝顺
二蛋也非常孝顺
六亩地没给福分
却有懂事的儿孙

二蛋喜欢早起
帮妈妈在灶台烧饭
饭后洗盆洗碗

二蛋辍学以后
常去村头的树林里
用弹弓打麻雀

或上树摘鸟蛋

摔骨折的时候
二蛋一声没哭
反倒安慰大人
说以后不爬树了

二蛋很聪明
小人书看过不忘
比如禁军教头林冲
比如三打白骨精

到娶媳妇的年龄
成分高和残疾
像两道木栅栏
挡住了因为所以

二蛋先是送走了爷爷
三十岁时送走父母
他最温暖的记忆在房子里

他最悲哀的记忆在心里

二蛋后来也走了
到一个庙里做斋饭
作为邻居
我就是觉得
二蛋应该晚生几十年

选择

赤条条的
哭着就来了
这是选择吗

会叫妈妈时
自己也不知道
血缘的原罪
让我们一生依赖

婴儿
幼儿
少年
青年
像一茬庄稼
在怀里长大

在怀里长大
温暖的痛
滋养善良
所以人应该不坏

可我们的眼睛
揉不得沙子
晶莹的玻璃体
还是看到很多意外

等我们像来时一样
赤条条地去
带着一生的
满意或歉意
也不能选择吗

最后的石匠

錾子在花岗岩肌肤上
溅出点点星光
石头和钢
比赛歌唱

老石匠的手
有分寸地衡量轻重
胡须以慢半拍的频率
跟着颤抖

錾子是有细槽的
敲打后的石磨
自然有凹凸的纹理
坚硬的哲学
在老石匠这里
算不上什么思想

厢房里那盘石磨
静卧好多年了
像干几辈子活儿的牛

要把歇息的梦

做得比永远还长

最后的石匠

不再风光的智者

和坚硬交手

留给赵庄的

是被遗忘的刚强

向北遥望

当向北遥望
是无法拒绝的必然
谁的声音
在轻轻地喊我

遥远遮蔽了遥远
遥远就在天边

谁的唠叨还挂在屋檐
谁哼的地方戏还缠在树梢
记住的和记不住的
我该先掂量哪个

老掉牙的故事
比瓦盆厚重
爱恨聚散
家长里短
秋白菜晾好了没有
干辣椒串红不红
大块吃肉的爽快

大碗喝酒的酒令

王奶奶的老寒腿

大伯的痛风病

鸡鸣犬吠

这就是红尘吗

遥望无声

遥望和遥远

都很安静

喊一嗓子

就十里长风

和童话很相似

但没有安徒生

向北遥望

让人心生依恋

也心生难过

我无法挥挥手

什么也不带走

我要把该带的都带上

不怕行囊沉重

包括沉重得

根本背不动的

那个叫乡愁的古董

赞美要小心翼翼

听好听的

在我住的乡下

基因强大

有点像盐

用的时候

要小心谨慎

多了也是过了

要么毁掉一道好菜

要么忍着

假装不懂淡咸

张氏奶奶

十七岁过门

嫁给谭姓丈夫

六年生了三个娃

丈夫过世后

谭张氏

当爹又当妈

谭张氏刚强

拉扯三个孩子长大
名声好得
似一朵茉莉花
付出也就两个字
守寡

老辈人说起谭张氏
除了竖大拇指
还能说出你懂的话
晚辈人学着长辈
毫不吝啬地赞美
恨不得把好名声
全都给她

大队送过锦旗
管大队的公社
还送过匾额
内容都是谭张氏
治家有方

我要跟着赞美吗
谭张氏的孩子
都立业成家
谭张氏孙子的孩子
和祖奶奶亲了几年
她才去见
几十年前的谭

牺牲了除了生命以外
所有的生命
在赞美声中
灭了点灭的一盏灯

赞美谭张氏
其实是罪过
我们应该
在她活着的时候
让她活出自己的好

赞美要小心谨慎

赞美有时候有毒

赞美杀死的命

还有不少

马兰菊

带露珠的马兰菊
散着淡香
开得洁白如雪
与花蕊的鹅黄
搭配出诗意之美

滴翠的叶子
相依相伴
我发现一束花
代表一个季节

我曾浪漫地想过
土生土长的马兰菊
是庄稼院里
另一种玫瑰

是花就够了
花都有理由
晒最好的阳光
浇最洁净的水

并祈祷

这叫人世的地方

充满善意

充满微笑

没有忧伤

和花园一样

消失的梿枷

我用诗歌怀念你
害怕把自己写冷
你走得太快了
如雨后的虹

牛筋绑的竹片
比织娘还巧
手臂似的木柄
比三个手臂还长

扬起来
拍下去
豆荚炸裂的脆
是阳光下
最抒情的甜

你和丰收一起舞蹈
和勤劳一起勤劳
手的资格是茧
你的资格是越来越薄

你把灵魂给了庄稼

把身体给了

虚无缥缈

哪怕最后

瘦成一把劈柴

也还不忘燃烧

消失的榾柮

我的好兄弟

等明年丰收节

我用白酒敬你

锡酒壶

爷爷的遗产

有一把锡酒壶

氧化的符号

非常像爷爷六十岁

刻在脸上的黑斑

当然酒壶上

也溪流密布

也万亩良田

也飞家养的布谷

也有丰年和灾年

爷爷爱他的酒壶

但喝酒的时候很少

庄稼人的指望

指望的还是庄稼

装进壶里的是日子

倒出来的是季节

是高粱大豆玉米

是红萝卜的脆

是豌豆角的蓝

是混在一起的野菜

味道苦辣酸甜

爷爷爱他的酒壶

但喝酒的时候很少

我会叫爷爷那一年

爸爸说他喝多一回

醉醺醺地说孙子真淘

爷爷的遗产

有一把锡酒壶

爸爸传给我了

每年除夕夜

我会温一壶好酒

想爷爷就在眼前

然后把酒洒在地上

村头的老榆树

暑天流火
你的胃口很好
吃掉一大片阳光
把影子吐出来
给我阴凉

乌鸦垒的巢
正好九个
算上飞进飞出
树杈上挂的
就是太阳系

到夜晚
你又把巢
和归巢的乌鸦
一齐吃掉

一棵老榆树
足够沧桑
几辈子人的故事
依旧在年轮里生长

看小人书之一

既然是兄弟
这又何必

一棵藤上的瓜
不至于以死相逼

高处往下看
还觉得自己不高

想把出头的橡子
一一砍掉

让更好的先死
成了曹丕的理

可是会画洛神的人
你怎么可比

七步就七步
吟好了不为求生

是更看不起你

于是我只认曹植
不认曹丕

看小人书之二

孔夫子的后代
十分懂事儿
从小就会让梨

长大了
因为懂更多的事儿
曹操把他杀了
……

桃木梳子

奶奶的一辈子
灶台就是她的舞台
厨房就是她的禅房

奶奶的日子很具体
白菜萝卜土豆如何搭配
或稠或稀煮五谷杂粮

偶尔闲下来
奶奶坐在炕沿上
用桃木梳子梳头
那把梳子月牙形状

从鬓角到发梢
从开头到尽头
梳齿像一把刀
修剪着奶奶的模样

我会间苗的时候
奶奶的头发全白了

那把桃木梳子

越来越亮

队长去过景山

队长去过景山
看一棵老槐树
他懂点历史
大清的点滴
还埋在东麓

一条腰带
给过往的鸟儿
反复确认
树的脖子
是直还是歪

赤日炎炎时
树有了四旧成分
被冲动的斧头砍掉了

原来的根须上
接一棵新槐
时间的钟摆
定格在二十世纪

八十年代

皇帝上吊
怎么说也不光彩
可就这一桩事儿
记得明白

扬场

关东土地肥沃
吆喝一声
庄稼就熟透了

秋的颜色很丰富
庄稼人把它卷起来
像卷一幅油画
堆在打谷场

木头碌子勤快
让穗苞——打开
风和木锨
挑选粮的品相

上风口的来年做种子
顺下来是烧饭的粮
下风口的蝌蚪尾巴
瘪子挺多
给牛当饲料

这个仪式

像旧时的科考

被庄稼人临摹得

惟妙惟肖

做一颗粮食吧

在有风的秋天

给木锨扬一次

会知道命里的模样

岁月是这样的

岁月是这样的

从妈妈怀里断奶

把小学中学念完

胡须开始萌芽

幻想当个卡车司机

向往叫城里的地方

如今老了

还是没能走出

叫故乡的村庄

热爱高粱玉米

喜欢院子里

各种瓜果花香

受苦与受累

有时候是一回事

也就是汗里的盐

多淡和多咸

幸福

是和爱人一起

把孩子养大

又在外公的辈分上

被叫来叫去

饭桌的好位置属于我

偶尔会喝点白酒

我和岁月的性格

彼此谦虚

相互消磨

写诗的事

可以做也可以不做

不会像钟摆

那么认真

但对善念的追求

我想怎么修行

都不过分

纸笸箩

矮沿的搪瓷盆

倒置在饭桌上

骨架就有了

各种纸片

抹上很稠的米浆

一层一层糊上去

等到风干以后

像蚕蜕茧

纸笸箩的命

由此诞生

外婆用它

装些针头线脑

笸子掐针儿

还有日常的琐碎

一桩桩心事

彼此处的很和谐

犹如乡里乡亲

外婆最看重的

是纸笸箩里的硬币

攒够几十枚

就能从货郎那里

换回好多东西

外婆是小脚

路走得不多

外婆很会过日子

会把俭朴

料理的有声有色

外婆不在了

纸笸箩也没传下来

好在妈妈的长相

越老越像外婆

我十八岁时长出翅膀

我十八岁时长出翅膀

以辜负妈妈的方式

离开饮马河畔的故乡

我不怕寻找的执念

浪费太多时间

也不会想摔下来

淤青的疼痛会结痂

把埋怨留给赵庄

吃野菜长大的孩子

穿开裆裤长大的孩子

有理由向往远方

身体里蕴藏的风雨

本来就要给飞翔

消耗多余的能量

我十八岁时长出翅膀

以告别庄稼的方式

在不长庄稼的地方

用浅颜色的羽毛

描深颜色的理想

更像一片枫叶

在秋霜里补充营养

不用拨开莲的绿色

就听见翠鸟的花腔

我再回赵庄的时候

皱纹已经爬上眼角

一起玩泥巴的小伙伴

吃的比以前要好

住的是砖瓦房

我把我写的诗歌

当礼物送给他们

他们不屑一顾

所有的热情

都在喝白酒的桌上

我此刻的感觉是

我真不该长出翅膀

我应该同赵庄在一起

赵庄出个写诗的人

是不是很荒唐

忽然想起一句话

对酒当歌

人生几何

这散着故乡味道的酒

我也应该酣畅地喝

不懂

村头
青龙的位置
有一口老井
上岁数的人
也说不清老井的井龄
井绳绕在辘轳上
勒出木质的铁青

一条扁担
两只水桶
有铆钉的水缸
和父亲的肩膀
都因为井而生动

男孩子的成人礼
是一次把水缸挑满
我挑的水在晃动
父亲的表情
没有一丝波纹

鲜花在手上盛开

紫薇香樟
木棉槐桂
惹过春风春雨
就鲜花盛开
开一次就醉一次

我们鲁班后代
是算术几何
是墨线和力
我们的养分
是锛刨斧凿
让开惯花的树
在手上再一次盛开

老柜子的门
我们养兰养梅
屏风的双面
养富贵牡丹
飞出去的檐角
斗拱是不谢的菊

我们也是树

也醉春风春雨

我们以木匠的名义

让手上的鲜花

不分季节

开出木头的绚丽

这样的人

这样的人
上帝给他们才气
天生抒情

他们喝酒
月亮就圆了

他们愤怒
暴雨雷霆
尾腔拖着大风

他们富有
他们很穷
他们的棱角
你不能碰

他们执着
如夸父逐日
为雕像牺牲

这样的人

从很早就开始死亡

什么也没留下

除了金子燃烧时

灼伤的痛

喊惊

民俗披上袈裟
便可普度众生
尤其是妈妈

我小时候
难免着热着凉
没先生看也没药
妈妈说魂丢了

盛饭的木勺子
从缸里舀一勺水
倒在门槛以里
然后用空勺子
敲上方的门框
叫着我的乳名
让我回家吃饭

这个时辰
太阳还没落山
我自己不知道

我回没回来

等懂事了
知道这是母爱
是一种安慰
所以我对喊惊
很有好感

人这一生
从里至外
其实经常闹病
只是翅膀硬了
再没人喊惊

簸箕谣

割柳条

煮柳条

晾个半干编柳条

十字花

隔着跳

拇指食指上下挑

平是底

沿是翘

收口横着绕

簸箕簸

簸箕摇

簸去谷瘪子

摇去糠皮子

剩的才是宝

风别笑

云别笑

虚的实的混不了

簸箕簸

簸箕摇

有人一生簸簸箕

也被簸箕摇

算命先生讲民国
——纪念宋教仁先生诞辰一百二十周年

有的人死了

还会朝前走

沿着年轻的方向

追赶黎明

去燃烧血色风暴

看地平线的时候

我选择东方

黄浦江畔

闸北公园广场

太阳抖落的羽毛

正绽放永恒的星光

那是铜像

有的人死了

还会朝前走

沿着一百年的方向

继续寻找

草色天青

没有什么

能阻挡节气的力量

缅怀战士的时候

我选择辛亥

一个年轻的生命

（死的时候刚过而立之年）

他的目光就是希望

穿透岩石

穿透云层

穿透厚厚的历史

藐视一个王朝

坍塌得顺理成章

那是铜像

有的人永远活着

那是他的思想

飞翔已没有重量

梦里鲜花盛开

更盼真理的种子

快点种下去

等着收一秋好粮

纪念辛亥的时候

我听到一声枪响

一个自由的灵魂

让罪恶的子弹

后悔一千年

瞄错了方向

那是铜像

猫碗

杏奶奶是山西人
祖上开过当铺
杏奶奶喜欢猫
还有几只
喂猫的碗

杏奶奶会讲故事
说点火之前
兔子来过
在内灶里做窝
走的时候疏忽
把毛色留下
纤细柔和

随着朝廷的姓
红了宋的窑火
出窑的时候
让最好的茶
遇上最好的盏
煮酒论英雄

从建安开始

煮茶论盏

从猫碗开始

没茶喝的日子

杏奶奶也不寂寞

说摆弄猫婉

就像走过窑火

看见了兔毫盏

杏奶奶识文断字

杏奶奶走三十年了

后来听说

她喂猫用的碗

没有一个兔毫

但个个是盏

旧事

泥巴粘谷节垒的墙

戴帽子

远看是一垛草

房子

朝太阳方向张望

秋霜下来以前

有比例的木格窗子

要糊一层线麻纸

用鸡毛蘸些豆油上去

姑姑说这样

风雪就不硬了

不破的窗子

和散些温热出来的炕

相互理解

远看像一垛草的房子

故事就温暖许多

姑姑长得好看

姑姑读过《红楼梦》
姑姑嫁给姑父
是冲着穷来的
因为这样
姑姑家富农的错就少

姑姑生了两儿一女
女儿三岁的时候
姑父走了
走时留下一句话
把孩子管好

姑姑一年年见瘦
姑姑头发白得很快
姑姑的手粗糙得不愿张开
姑姑的腰渐渐地
弓成锣的半圈

姑姑照姑父的叮嘱
管好了孩子

姑姑在村里人缘很好

每逢清明
在姑父坟前
弓成锣半圈的姑姑
拄着拐
烧些纸钱给姑父
但我从未见过
姑姑哭的样子
我在想
姑姑哭也会很好看
……

地

那是我的命

爷爷说这话的时候

父亲懂

我不懂

等我懂了

爷爷说不动话了

爷爷走的第一个中秋

没有月亮

晚饭的桌子上

妈妈多摆一双碗筷

我还挨着爷爷

苣荬菜

一生

讨厌最受宠的日子

最受宠的日子是灾年

我们是闺房里的姑娘

必须在春天

置办出阁的嫁妆

必须不戴花朵

坐藤条编的轿

略描紫色淡妆

我们知道这个季节

日子比日子还长

粮食刚刚吃完

姐妹一族

还娇生惯养

迷恋着梦的悠长

我们没有选择

嫁了就嫁了

像虔诚的教徒

真情在饭桌上

我们不问土地薄厚

我们只要一寸阳光

我们也有走向花的愿望

可是年头不行

我们认命

好在我们的轮回

一茬一茬的

我们还有来生

耕种记

命牵着命

命赶着命

面朝黄土近于朝圣

近于錾破岩石的碑文

拓在血液里

让我灵魂颤动

那痛是脊背的骨头

硌断一代一代粗麻绳

那痛是土地的韧性

磨钝一茬一茬铁耙头

那痛是一种颜色

黑里透红

牛背是弯曲的

犁背是弯曲的

后面扶犁的

背也是弯曲的

顺序简单

像饥饿的人

有块儿馍馍就行

因为简单

显得很陌生

烧铁

不要熔炉

更没有一星火

两代人用过的锄头

在厢房的一角

安静地烧成赭石色

斑块的纹络

很像某一种花朵

呼吸营养

枯萎的开始

又是新的着色

铁的意志

没跑赢岁月

爷爷的脸

皱纹纵横

凹下去的部分

也是锈色

父亲这一代

锈色浅多了

那把锄头

闲就是燃烧

越闲越火

宝贝

生产队最贵的宝贝

是一头公驴

队长差信得过的人

花七百块钱

从山西牵回来的

对母马们来说

是牵回家一个

倒插门的女婿

饲养员每天给梳理鬃毛

草料里配一点碎豆饼

等于开特殊的小灶

驴子就干一件事

让母马们心存感激

黑得发亮的阳器

分摊该分摊的线条

让图腾美

没半点遮掩

光明正大地纯粹

比人少了好多细节

但干净得

又让很多人羞愧

那头驴死的时候

饲养员一天没吃没喝

人们从驴身上

有时候看见了自己

不如驴的地方

时间

西北山坳

吞噬最后的夕阳

黄昏奔袭而来

一路擦掉

房屋和树

和我们劳作时

画在地上的影子

黑的比例

让我们

回到可信的真实

灯光或烛光

让村子安静下来

宽沿锅边

棒子粥熬出米香

夜活了

从晚饭开始

白天是用来反刍的

一头牛的套索

够讲半顿饭的时间
季节在碗里生长
春夏秋冬
又只有几天
掺些个家长里短
小葱豆腐
加一个咸鸭蛋
这就是日子啊

老辈人说
不会干农活
或不勤快
都算游手好闲

晚饭抒情
是多余的浪漫
虽然音阶
耗掉了
我大量的计算
种地会看见收粮

我看见的
是几张废纸片

窗外
比黑更黑了

炼糖

糖爷姓张
手艺的魅力
改变了姓氏的方向
十里八村
唠到糖爷
腊梅就开了

正月初三
糖爷和启明星
一个时辰起床
架火是仪式
带着音符的勺子
一搅动糖水
就出来甜味的韵律

晶莹剔透
剔透晶莹
冰与火
火与冰
糖爷拿捏得

就一个字

柔

竹签子串好的山楂

要到冰火里走一走

蘸下去

转一圈

提起来

紫红色的肤色

片刻穿上

透明的冰纱

稻草捆的把子

此刻是一树的枝杈

几袋烟功夫

真就开满

成串的梅花

剩下来的

是孩子们的节日

围着糖爷

花掉除夕夜

攒到的压岁钱

少了糖爷也不说

只是憨笑

糖爷姓张

糖爷炼糖

糖爷这辈子

知道糖的滋味

但他从不吃糖

只是偶尔尝尝

启示

我一直怀疑

人类的骨骼

有模仿农具的倾向

好比脊背和木犁

好比镰刀和手臂

甚至恭敬

也学庄稼

成熟时向土地

虔诚地敬礼

我也想是一束稻谷

区别稗子

区别杂草

沉甸甸的

拜

九块土坯

垒三面墙壁

一片石板

是房檐也是屋脊

门的方向

多远都是土地

神格很低

村头拐角处

龙抬头的晚上

会有人蹲下来

在石板的一边

贴上窄窄的横批

或风调雨顺

或五谷丰登

庄稼人的信仰

在这里

像枯芽找到雨

萌生新意

神从不说话

只负责神秘

时好时坏的年景

跟这庙

其实没关系

好多形式

有就有了

敬香的人

事后也检讨自己

磨语

两块石头

比夫妻默契

今天议论磨房

有点像妾

地位不高

占着靠边的西厢

这不长一棵草

这很懂五谷杂粮

把高山流水搬进来

有说有唱

磨道的圆圈

学问就大了

起点也是终点

只要不计较方向

就永远很长

驴子很犟

看见的道不走

蒙上一条眼帘

看不见道了

却走的心甘情愿

驴子的爷爷

驴子的爹

都在看不见的道上

被蒙着眼帘

把自己走丢了

走着的这头驴

还会走丢吗

我们也不知道

但听人说

闲话多了不好

人生

来到这世上
就是走进迷宫

上半辈子
腿脚领着我
寻找入口

下半辈子
我领着腿脚
寻找出口

外公传

这辈子

读过一年私塾

会背几句三字经

十五岁下地干活

谷子稗子分得很清

十六岁娶妻生子

知道一点民国

拿袁大头买过烧饼

穿染过色的汗衫

盘下过五间房子

也盘下不低的身分

文字织的帽子

正好

报纸糊的帽子

正好

语言编的帽子

正好

是个好人的帽子

一直拿在手上

喜欢喝酒
不喜欢闹腾
喜欢抽长杆的旱烟袋
不喜欢外婆唠叨
吃饱饭感觉富甲一方
天灾年更同情乞丐
愿意听说书的讲三国
鬼神的事儿却一点儿不拜
这是最魔怔的病
没有信仰

子女
子女的下一代
再下一代
都孝顺
有人扶走路
有人给斟酒
有人帮洗澡

有人哄说话

早上吃什么菜

头一天晚上有人问

中午吃什么菜

早上有人问

晚上吃什么菜

中午有人问

我是家的皇上啊

六十岁胃口不好了

七十岁干不动农活了

八十岁眼睛不行了

九十岁耳朵不行了

可心里明白的不行

我都一百岁了

一百岁还活着

真是个罪人

妈妈的病

公元一九六一
我六岁
妈妈病了
我还不会心疼

妈妈的病很怪
每到晚餐时候
妈妈右手抚摸胃部
说是心口痛

等爸爸和我
吃完稀饭和咸菜
妈妈会从炕上起来
收拾碗筷

爸爸对妈妈的病
也云淡风轻
像商量过似的
可轻可重

两年的样子

妈妈的胃病好了

没吃过偏方

也没看医生

在某一天的饭桌上

爸爸说出了一个秘密

很郑重地讲

你妈从来没病

我想妈妈是大人

说谎还真的在行

直到后来

我才懂

妈妈的病

只有妈妈会得

病得让儿子觉得

病还可以伟大

远房表姐

没有出生照

没有满月照

没有抓周照

没有学生照

没有结婚照

没有而立年照

没有不惑年照

没有知天命年照

没有耳顺年照

没有古来稀年照

有遗照

表姐的一生

就一张照

打铁镰

烧焦的铁

噼啪作响

比喝醉酒了兴奋

冶炼是一次摧毁

也是一次孕育

风箱的曲子

如餐桌上的佐料

让锻打的手艺

那么有滋味儿

铁匠们的后代

习惯于这种

近乎于宗教的洗礼

淬一次火的铁镰

就杀死

一个季节

路过潘家园

赵庄人进京是事

路过潘家园进去

看看是新鲜事

门槛比鞋帮高不了多少

看一眼是清朝

再看一眼是明朝

靠东角落的一尊佛像

比明清还早

年轻在这里

没一点好处

拼的是祖宗

岁数越大越好

宣德炉怎么看

都像王八盖子

梅瓶的腰

走T台正好

赝品其实挺多

有点像干亲

没有血缘

却叫爹娘

当然

在这是不能多说话的

明白人太多

随便一个手势

都有岁月的包浆

潘家园

我只是路过

听说很有文化

所以以后

再也不敢路过了

寒客

被冻僵的腊月
寒客来访
敲门没商量

先作芽
再育蕾
后是花
多像十月怀胎

有雪陪着
红以外的颜色
一律让开

傲就傲了
孤独不是事儿
苦寒也无奈

你看那枝
比我还傲呢
只剩骨头了

还是风都不摆

剪一枝吧
接在品格上
最好不分季节
想开就开

避役

对季节的心思

连眼睛都不眨一下

骨子里的颜色

随便让皮肤

春夏秋冬

诗歌很宽容

更懂你究竟为什么

时而枯如朽木

时而草色葱葱

不幸的事情

是你不满足自己的世界

频频以邀宠的身份

做人的朋友

五十年前的账本

户主
父亲的姓名
母亲和我
在家属一栏

出工记的是工分
十分为一个计算单位
有点像股票的一手
父亲出一个工
挣十个工分

秋天粮食打下来
和工分勾兑
换算成币值
十分变成二角二分
一分变成二分二厘
父亲是好劳力
一年挣两千七百工分
等于五十九点四元
那时队上的粮

都很便宜

换三口人吃的

五十五元就够了

账面上结余的

四点四元现金

按个手印

就领回家来

三只鸡下的蛋

六十几颗

零头吃了

整数拿到镇上卖了

每颗八分钱

父亲的手里

又多了四点八元

买盐支出

一点七元

过旧历大年

酱油一斤一角

醋一斤一角

猪肉一斤五角

白面不花钱

二斤小米换一斤

除夕夜的饺子

要包九十个

初一早上的一串鞭炮

十个小响

一角二分

早在八月十八

东院陆七孩子娶媳妇

随彩礼三角

算寅吃卯粮

父亲奖励自己的

是一包握手牌香烟

一角一分

家里的账上

还有结余
父亲说过日子
手头得有点钱
应急

拉鹰·熬鹰

一

翅膀拍打几下

天空就破了

每一根羽毛

都折断过风

骨子里渗出的自由

必须在仰望的高度

灵魂做主

翱翔是最好的抒情

藐视雕弓冷雨

如同看不起

泥皮墙上的挂钉

二

黑色石头

俯冲那一刻

热血沸腾

辨别网与诱饵

究竟谁是帮凶

苍鹰知道

想一下也是龌龊的事情

酒壶温热的阴谋

在老槐树眼里

像小偷在暗夜得手

嘴硬不行

心硬才行

左脚或右脚铐上铁镣

然后猎人

爽快地对阳光说

愿者上钩

三

粗糙的榆木棍子

是鹰三天三夜的舞台

是没有栅栏的囚笼

曾用眼睛理论

曾用傲慢抗争

也曾用野性愤怒

无奈主宰者以王的姿势

料理铁矿石一般

走向马丁炉的过程

苍穹剑客

很不幸

懂了赌场跟赢的规矩

以水似的温柔

做猎人兄弟

或叫随从

四

看见白云

我相信天空生长思想

并笃定嬗变的生命

会忘干净本性

故乡是我的

一枚钉子

嵌入一棵树里

那深是莫测的

就像活着

没法数清年轮

是风刮走的

还是鸟儿衔走的

此刻已无关紧要

钉子一直吸吮血脉

神经的灵感

像中医在根上把脉

东西长一里

南北宽二里

三十幢草房子

每一幢都似肥大的蓑衣

树给蓑衣打伞

是老辈人的主意

阴凉的呵护

遮着童年的记忆

好年景
坏年景
孩子们并不关心
三五个伴儿一起淘
就是有滋味的游戏

妈妈喊回家吃饭
是好听的乡间音乐
柔中有刚刚中有柔
温暖里掺着好多
至今也分不清的
母爱的秘密

故乡是我的
我是你走散的羔羊
故乡是我的
我就是那枚钉子

每望一轮满月

就是在想的伤口上

抹一把盐

故乡的月亮

也是我的月亮

等乡愁攒够了一石

我就走着回去

如果不能

我会捧着自己

把自己还给你